suhrkamp taschenbuch 2334

Völkerwanderung, Fremdenhaß: ein Jahrhundertthema. Enzensbergers *Markierungen*, die es an Deutlichkeit nicht fehlen lassen, werden allen willkommen sein, die es leid sind, das Problem aus der Froschperspektive der deutschen Innenpolitik zu betrachten. Es geht um eine Frage, die zu wichtig ist, daß man sie Politikern und Demagogen überlassen dürfte. Fremdenhaß und Migration hat es immer gegeben. Die Erfahrungen, die damit gemacht worden sind, werden aber mit Vorliebe verleugnet oder vergessen. Enzensbergers Sätze »fügen sich nicht ein ins Gemurmel der deutschen Betroffenheitskultur ... Den Matadoren des ›Asylstreits‹ sei Enzensbergers Buch empfohlen. Es putzt die Brille. Und es ist ästhetische Medizin gegen den Identitäts- und Gesinnungskitsch, der die deutsche Debatte beherrscht.« *(FAZ)*

Hans Magnus Enzensberger, 1929 in Kaufbeuren geboren, lebt in München. Sein Werk im Suhrkamp Verlag ist auf den Seiten 78 und 79 dieses Bandes verzeichnet.

# Hans Magnus Enzensberger
# Die Große Wanderung

*Dreiunddreißig Markierungen*

Mit einer Fußnote
›Über einige Besonderheiten
bei der Menschenjagd‹

Suhrkamp

suhrkamp taschenbuch 2334
Erste Auflage 1994

Druck: Ebner Ulm
Printed in Germany
Umschlag nach Entwürfen von
Willy Fleckhaus und Rolf Staudt

1 2 3 4 5 6 - 99 98 97 96 95 94

*Die Große Wanderung*

*Wir wissen nicht mehr, wen wir achten und respektieren sollen und wen nicht. In dieser Hinsicht sind wir gegeneinander Barbaren geworden. Denn von Natur sind alle gleich, ob Barbaren oder Griechen. Das folgt aus dem, was von Natur aus für alle Menschen notwendig ist. Wir atmen alle durch Mund und Nase, und wir essen alle mit den Händen.*

Antiphon, *Von der Wahrheit.*
5. Jahrhundert v. Chr.

*An der Freiheitsstatue steht die Inschrift: »In diesem republikanischen Land sind alle Menschen frei und gleich geboren.« Aber darunter steht in winziger Schrift: »Außer dem Stamm der Hamo [der Schwarzen].« – Das macht den ersten Satz zunichte! Oh, ihr Republikaner!*

Herman Melville, *Mardi: and a Voyage thither.* 1849.

## I

Eine Weltkarte. Schwärme von blauen und roten Pfeilen, die sich zu Wirbeln verdichten und gegenläufig wieder zerstreuen. Unterlegt ist dieses Bild mit Kurven, die farbig getönte Zonen verschiedenen Luftdrucks voneinander abgrenzen: Isobaren und Winde. Hübsch sieht eine solche Klimakarte aus; aber wer keine Vorkenntnisse hat, wird sie kaum deuten können. Sie ist abstrakt. Einen dynamischen Prozeß muß sie mit statischen Mitteln abbilden. Nur ein Film könnte zeigen, worum es geht. Der normale Zustand der Atmosphäre ist die Turbulenz. Das gleiche gilt für die Besiedelung der Erde durch den Menschen.

## II

Auch nach einem guten Jahrhundert paläontologischer Forschung ist die Herkunft des *homo sapiens* noch immer nicht zweifelsfrei geklärt. Man scheint sich aber darauf geeinigt zu haben, daß diese Spezies zum ersten Mal auf dem afrikanischen Kontinent aufgetreten ist, und daß sie sich durch eine lange, in komplizierten und riskanten Schüben verlaufende Kette von Migrationen über den ganzen Planeten ausgebreitet hat. Seßhaftigkeit gehört nicht zu den genetisch fixierten Eigenschaften unserer Art; sie hat sich erst relativ spät ausgebildet, vermutlich im Zusammenhang mit der Erfindung des Ackerbaus. Unsere primäre Existenz ist die von Jägern, Sammlern und Hirten.

Aus dieser nomadischen Vergangenheit mögen sich gewisse atavistische Züge unseres Verhaltens erklären, die ansonsten rätselhaft anmuten, wie der Massentourismus oder die leidenschaftliche Liebe zum Automobil.

## III

Im Mythos von Kain und Abel wird der Konflikt zwischen wandernden und seßhaften Stämmen faßbar. »Und Abel wurde ein Schäfer, Kain aber wurde ein Ackermann.« Der territoriale Konflikt endet mit einem Mord. Die Pointe der Geschichte besteht darin, daß der Seßhafte, nachdem er den Nomaden getötet hat, seinerseits vertrieben wird: »Unstet und flüchtig sollst du sein auf Erden.«

Die Geschichte der Menschheit läßt sich als Entfaltung dieser Parabel lesen. Über Jahrtausende hinweg bilden sich immer wieder stationäre Populationen. Aufs Ganze und auf die Dauer gesehen, bleiben sie jedoch die Ausnahme. Die Regel sind: Raub- und Eroberungszüge, Vertreibung und Exil, Sklavenhandel und Verschleppung, Kolonisation und Gefangenschaft. Immer war ein erheblicher Teil der Menschheit in Bewegung, auf der Wanderung oder auf der Flucht, aus den verschiedensten Gründen, auf gewaltförmige oder friedliche Weise – eine Zirkulation, die zu fortwährenden Turbulenzen führen muß. Es handelt sich um einen chaotischen Prozeß, der jede planende Absicht, jede langfristige Prognose zunichte macht.

## IV

Zwei Passagiere in einem Eisenbahnabteil. Wir wissen nichts über ihre Vorgeschichte, ihre Herkunft oder ihr Ziel. Sie haben sich häuslich eingerichtet, Tischchen, Kleiderhaken, Gepäckablagen in Beschlag genommen. Auf den freien Sitzen liegen Zeitungen, Mäntel, Handtaschen herum. Die Tür öffnet sich, und zwei neue Reisende treten ein. Ihre Ankunft wird nicht begrüßt. Ein deutlicher Widerwille macht sich bemerkbar, zusammenzurücken, die freien Plätze zu räumen, den Stauraum über den Sitzen zu teilen. Dabei verhalten sich die ursprünglichen Fahrgäste, auch wenn sie einander gar nicht kennen, eigentümlich solidarisch. Sie treten, den neu Hinzukommenden gegenüber, als Gruppe auf. Es ist *ihr* Territorium, das zur Disposition steht. Jeden, der neu zusteigt, betrachten sie als Eindringling. Ihr Selbstverständnis ist das von Eingeborenen, die den ganzen Raum für sich in Anspruch nehmen. Diese Auffassung läßt sich rational nicht begründen. Um so tiefer scheint sie verwurzelt zu sein.

Dennoch kommt es so gut wie nie zu offenen Auseinandersetzungen. Das liegt daran, daß die Fahrgäste einem Regelsystem unterliegen, das nicht von ihnen abhängt. Ihr territorialer Instinkt wird einerseits durch den institutionellen Code der Bahn, andererseits durch ungeschriebene Verhaltensnormen wie die der Höflichkeit gebändigt. Also werden nur Blicke getauscht und Entschuldigungsformeln zwischen den Zähnen gemurmelt. Die neuen Fahrgäste werden geduldet. Man gewöhnt sich an sie. Doch bleiben sie, wenn auch in abnehmendem Grade, stigmatisiert.

Dieses harmlose Modell ist nicht frei von absurden Zügen. Das Eisenbahnabteil ist ein transitorischer Aufenthalt, ein Ort, der nur dem Ortswechsel dient. Die Fluktuation ist seine Bestimmung. Der Passagier ist die Negation des Seßhaften. Er hat ein reales Territorium gegen ein virtuelles eingetauscht. Trotzdem verteidigt er seine flüchtige Bleibe nicht ohne stille Erbitterung.

## V

Jede Migration führt zu Konflikten, unabhängig davon, wodurch sie ausgelöst wird, welche Absicht ihr zugrunde liegt, ob sie freiwillig oder unfreiwillig geschieht und welchen Umfang sie annimmt. Gruppenegoismus und Fremdenhaß sind anthropologische Konstanten, die jeder Begründung vorausgehen. Ihre universelle Verbreitung spricht dafür, daß sie älter sind als alle bekannten Gesellschaftsformen.

Um sie einzudämmen, um dauernde Blutbäder zu vermeiden, um überhaupt ein Minimum von Austausch und Verkehr zwischen verschiedenen

Clans, Stämmen, Ethnien zu ermöglichen, haben altertümliche Gesellschaften die Tabus und Rituale der Gastfreundschaft erfunden. Diese Vorkehrungen heben den Status des Fremden aber nicht auf. Sie schreiben ihn ganz im Gegenteil fest. Der Gast ist heilig, aber er darf nicht bleiben.

## VI

Nun öffnen zwei weitere Passagiere die Tür des Abteils. Von diesem Augenblick an verändert sich der Status der zuvor Eingetretenen. Eben noch waren sie Eindringlinge, Außenseiter; jetzt haben sie sich mit einem Mal in Eingeborene verwandelt. Sie gehören zum Clan der Seßhaften, der Abteilbesitzer, und nehmen alle Privilegien für sich in Anspruch, von denen jene glauben, daß sie ihnen zustünden. Paradox wirkt dabei die Verteidigung eines »angestammten« Territoriums, das soeben erst besetzt wurde; bemerkenswert das Fehlen jeder Empathie mit den Neuankömmlingen, die mit denselben Widerständen zu kämpfen, dieselbe schwierige Initiation vor sich haben, der sich ihre Vorgänger unterziehen mußten; eigentümlich die rasche

Vergeßlichkeit, mit der das eigene Herkommen verdeckt und verleugnet wird.

## VII

Clans und Stammesverbände gibt es, seitdem die Erde von Menschen bewohnt ist; Nationen gibt es erst seit ungefähr zweihundert Jahren. Der Unterschied ist nicht schwer zu sehen. Ethnien entstehen quasi naturwüchsig, »von selbst«; Nationen sind bewußt geschaffene, oft ganz künstliche Gebilde, die ohne eine spezifische Ideologie nicht auskommen. Diese ideologische Grundlage, samt den dazugehörigen Ritualen und Emblemen (Flaggen, Hymnen), ist erst im neunzehnten Jahrhundert entstanden. Sie hat sich, von Europa und Nordamerika aus, auf der ganzen Welt ausgebreitet.

Ein Land, das es zur Nation bringen will, braucht ein wohlcodiertes Selbstverständnis, ein System von eigenen Institutionen (Armee, Zoll, Polizei, Diplomatie) und vielfältige juristische Mittel zur Abgrenzung nach außen (Souveränität, Staatsangehörigkeit, Paßwesen usw.).

Vielen, aber nicht allen Nationen ist es gelungen, ältere Formen der Identifikation auf sich zu übertragen. Das ist eine psychologisch diffizile Operation. Mächtige Gefühle, von denen früher kleinere Verbände beseelt waren, sollen auf diese Weise zugunsten der modernen Staatenbildung mobilisiert werden. Dabei geht es selten ohne Geschichtslegenden ab. Beweise für die glorreiche Vergangenheit der eigenen Ethnie werden notfalls gefälscht, ehrwürdige Traditionen schlichtweg erfunden. Die abstrakte Idee der Nation konnte aber nur dort ein selbstverständliches Leben gewinnen, wo der Staat sich organisch aus älteren Zuständen entwickeln durfte. Je artifizieller seine Entstehung, desto prekärer und hysterischer das Nationalgefühl. Das gilt für die »verspäteten Nationen« Europas, für die neuen Staaten, die aus dem Kolonialsystem hervorgegangen sind, aber auch für Zwangsunionen wie die UdSSR und Jugoslawien, die zum Zerfall oder zum Bürgerkrieg tendieren.

Natürlich gibt es nirgends auf der Welt Nationen mit einer kompakten, ethnisch absolut homogenen Bevölkerung. Dem Nationalgefühl, das sich in den meisten Staaten herausgebildet hat, ist diese Tatsache von Grund auf zuwider. Infolgedessen fällt es dem »Staatsvolk« dort in aller Regel schwer, sich mit der Existenz von

Minderheiten abzufinden, und jede Einwanderungsbewegung gilt dort als politisches Problem. Die wichtigsten Ausnahmen von diesem Schema sind jene modernen Staaten, die ihre Existenz Migrationen großen Umfangs verdanken; vor allem die USA, Canada und Australien. Ihr Gründungsmythos ist die *tabula rasa*. Die Kehrseite dieser Medaille ist die Ausrottung der Urbevölkerung, deren Resten erst in jüngster Zeit wesentliche Minderheitenrechte eingeräumt worden sind.

Fast alle anderen Nationen rechtfertigen ihre Existenz durch eine wohlzementierte Selbstzuschreibung. Die Unterscheidung zwischen »eigenen« und »fremden« Leuten kommt ihnen ganz natürlich vor, auch wenn sie historisch äußerst fragwürdig ist. Wer an ihr festhalten will, müßte eigentlich, seiner eigenen Logik folgend, behaupten, er sei schon immer dagewesen – eine These, die nur allzuleicht zu widerlegen ist. Insofern setzt eine ordentliche Nationalgeschichte die Fähigkeit voraus, zu vergessen, was ihr nicht in den Kram paßt.

Verleugnet wird aber nicht nur die eigene buntscheckige Herkunft. Wanderungsbewegungen großen Stils führen immer zu Verteilungskämpfen. Diese unvermeidlichen Konflikte deutet das nationale Empfinden mit Vorliebe um, so als hätte der Streit mehr mit imaginären als mit materiellen Ressourcen zu tun. Gekämpft wird dann um die Differenz zwischen Selbst- und Fremdzuschreibungen, ein Feld, das der Demagogie ideale Entfaltungsmöglichkeiten bietet.

## VIII

Fremd- und Selbstzuschreibung sind nie und nimmer zur Deckung zu bringen. Das liegt in der Natur der Sache. Ihre Übereinstimmung ist stets nur scheinbar. Der Satz »Die Finnen sind tückisch und versoffen« bedeutet etwas ganz anderes, je nachdem, ob ihn ein Finne oder ein Schwede ausspricht. Der Beweis dafür liegt in den verschiedenen Reaktionen, die er im einen oder andern Fall hervorruft. Unter Finnen darf ihn nur ein Finne, nicht aber ein Schwede vorbringen, wenn er keinen Skandal hervorrufen will.

Hinter solchen Differenzen verbirgt sich immer eine lange Kontakt- und Konfliktgeschichte. Die Interaktion von Selbst- und Fremdzuschreibungen ist sehr verwickelt. Dabei spielen Neugier und Anbiederung, Abwehr und Kränkung, Ressentiment und Projektion ebenso wie Strategien der Selbstkritik, der Ironie und der Entwaffnung eine Rolle.

Ursprünglich war die Sache aber sehr einfach, wie die folgenden, beliebig gewählten Beispiele zeigen.

Die Nahua-Indianer nannten ihre Nachbarstämme *popolaca* = »Stammler« und *mazahua* = »die wie die Hirsche röhren«.

Ein Deutscher heißt auf russisch *nemec*; dieses Wort ist abgeleitet von *nemoj* = »stumm«; es handelt sich also um einen, der nicht sprechen kann.

Das griechische Wort *bárbaros* für die Nicht-Griechen hat die Ausgangsbedeutung »stammelnd, lallend« und impliziert oft »ungebildet, roh, feige, grausam, wild, gewalttätig, habgierig, treulos«.

Die *Hottentotten*, ein Wort, das auf afrikaans soviel wie »Stotterer« bedeutet, nennen sich selbst *k'oi-n* = »die Menschen«.

Auch für die Ainus ist ihr Stammesname identisch mit dem Wort für Menschen, wohingegen die Japaner sie *emishi* = »Barbaren« nennen.

Das gleiche gilt für die Kamtschadalen, die sich selbst als *itelmen* = »Menschen« bezeichnen, übertroffen nur von den Tschuktschen, für die feststeht, daß sie *luorawetlan* = »die wahren Menschen« sind.

Claude Lévi-Strauss hat dieses universell verbreitete Selbstverständnis so beschrieben: »Bekanntlich ist der Begriff ›Menschheit‹, der ohne Unterschied der Rasse oder Zivilisation alle Lebensformen der Gattung Mensch einschließt, ziemlich spät aufgekommen und wenig verbreitet . . . Die Menschheit endet an den Grenzen des Stammes, der Sprachgruppe, manchmal sogar des Dorfes, so daß eine große Zahl sogenannter primitiver Völker sich selbst einen Namen gibt, der ›Menschen‹ bedeutet (oder manchmal – mit etwas mehr Zurückhaltung – ›die Guten‹, ›die Hervorragenden‹, ›die Vollendeten‹), was gleichzeitig einschließt, daß die anderen Stämme, Gruppen oder Dörfer keinen Anteil an den guten Eigenschaften – oder sogar an der Natur – des Menschen haben, sondern höchstens aus ›Schlechten‹, ›Bösen‹, ›Erdaffen‹ oder ›Läuseeiern‹ bestehen. Manchmal spricht man den Fremden sogar noch diese letzte Stufe an Realität ab, indem man sie als ›Phantome‹ oder ›Erscheinungen‹ ansieht. So kommt es also zu der merkwürdigen Situation, daß zwei Gesprächspartner sich ihre abwertenden Bezeichnungen auf grausame Weise zurückgeben.«

## IX

Heutige Migrationen unterscheiden sich von früheren Wanderungsbewegungen in mehr als einer Hinsicht. Zunächst hat in den vergangenen zweihundert Jahren die Mobilität enorm zugenommen. Erst der europäische Überseehandel hat Kapazitäten des Transportwesens geschaffen, die millionenfache Wanderungen über weite Distanzen ermöglichen. Der entfaltete Weltmarkt fordert die globale Mobilisierung und setzt sie notfalls gewaltsam durch, wie die Öffnung Japans und Chinas im 19. Jahrhundert zeigt. Das Kapital reißt alle nationalen Schranken nieder. Es kann sich patriotische und rassistische Motive taktisch zunutze machen, setzt sich aber strategisch über sie hinweg, weil das Verwertungsinteresse keine partikularen Rücksichten kennt. Der Tendenz nach zieht die Freizügigkeit des Kapitals die der Arbeitskraft nach sich. Mit der Globalisierung des Weltmarkts, die erst in der jüngsten Vergangenheit vollendet wurde, werden daher auch die Wanderungsbewegungen eine neue Qualität erreichen. An die Stelle staatlich organisierter Kolonialkriege, Eroberungszüge und Vertreibungen werden vermutlich molekulare Massenwanderungen treten. Während das elektronische Geld nur seiner eigenen Logik folgt und jeden Widerstand spielend überwindet, bewegen sich die Menschen, als stünden sie unter einem unbegreiflichen Zwang. Ihre Aufbrüche gleichen Fluchtbewegungen, die freiwillig zu nennen zynisch wäre.

## X

Ohne Verheißung wandert keiner aus. In früheren Zeiten waren Sage und Gerücht die Medien der Hoffnung. Das gelobte Land, das glückliche Arabien, das sagenhafte Atlantis, El Dorado, die Neue Welt: das waren die magischen Erzählungen, die viele zum Aufbruch motivierten. Heute sind es hochfrequente Bilder, die der globale Medienverbund bis in das letzte Dorf der armen Welt trägt. Ihr Realitätsgehalt ist noch geringer als der von Wundersagen aus der beginnenden Neuzeit; unvergleichlich mächtiger jedoch ist ihre Wirkung. Besonders die Werbung, die in ihren reichen Ursprungsländern mühelos als bloßes Zeichensystem ohne realen Referenten begriffen wird, gilt in der Zweiten und Dritten Welt als zuverlässige Beschreibung einer möglichen Lebensweise. Sie bestimmt zu einem guten Teil den Horizont der Erwartungen, die sich mit der Migration verbinden.

## XI

Jahrhundertelang war der Austausch von Populationen fast ein Nullsummenspiel. Die Weltbevölkerung zeigte räumliche und zeitliche Fluktuationen, aber ihre absolute Zunahme war so geringfügig, daß sie kaum ins Gewicht fiel. Seitdem sie jedoch exponentiell wächst, haben sich die Regeln des Spiels verändert. Früher oder später muß sich die unvorstellbare quantitative Zunahme auf die Qualität der Wanderungsbewegungen auswirken.

Daß dieser Fall bereits eingetreten wäre, läßt sich bezweifeln. Man rechnet damit, daß heute in Westeuropa über zwanzig Millionen legale Einwanderer aus anderen Zonen leben. Die Flüchtlingsströme innerhalb des afrikanischen und des asiatischen Kontinents erreichen eine ähnliche Größenordnung. Das sind große Zahlen. Wenn man jedoch bedenkt, daß zwischen 1810 und 1921 allein in die USA 34 Millionen Menschen, vorwiegend aus Europa, eingewandert sind, wird man nicht behaupten können, daß sie jenseits aller historischen Vergleiche lägen. Gemessen an der absoluten Zunahme der Weltbevölkerung (die mittlere Prognosevariante der Vereinten Nationen rechnet für 1990-2000 mit einem Zuwachs von einer knappen Milliarde), ist die bisherige Fluktuation sogar gering. Das läßt den Schluß zu, daß sich bisher erst ein kleiner Bruchteil der potentiellen Migranten in Bewegung gesetzt hat. Es scheint also, als stünde die eigentliche Völkerwanderung noch bevor.

Die Medien nehmen diese Zukunftsaussicht auf fatale Weise vorweg und malen sie mit phantastischen Zügen aus. Eine eigentümliche Angstlust spricht aus den apokalyptischen Bildern, die sie entwerfen. Alle krisenhaften Erscheinungen der Gegenwart – der labile Zustand der Weltwirtschaft, die technischen Großrisiken, der Zerfall des sowjetischen Imperiums, die ökologische Bedrohung – provozieren Szenarien dieser Art. Möglicherweise dient die antizipierende Panik sogar der Immunisierung; sie wirkt wie eine Art psychischer Impfung. Jedenfalls bringt sie keine Lösungsversuche hervor. Sie führt höchstens zu einer Politik des *stop and go* zwischen schüchternen Reparatureingriffen und Blockaden des Denkens und Handelns.

## XII

Ein Rettungsboot, das so viele Schiffbrüchige aufgenommen hat, daß seine Kapazitätsgrenze erreicht ist. Ringsum in stürmischer See schwimmen weitere Überlebende, denen der Untergang droht. Wie sollen sich die Insassen des Bootes verhalten? Die Hände des Nächsten, der sich an das Spülbord klammert, zurückstoßen oder abhacken? Das ist Mord. Ihn aufnehmen? Dann sinkt das Boot mit allen Überlebenden. Dieses Dilemma gehört zum Standard-Repertoire der Kasuistik. Den Moralphilosophen und allen andern, die darüber verhandeln, fällt der Umstand, daß sie auf dem Trockenen sitzen, gewöhnlich gar nicht weiter auf. Doch eben an diesem Als-Ob scheitern alle abstrakten Überlegungen, gleichgültig, zu welchem Schluß sie kommen. An der Gemütlichkeit des Seminars wird der beste Vorsatz zuschanden, weil kein Mensch glaubhaft angeben kann, wie er sich im Ernstfall verhalten würde.

Die Parabel vom Rettungsboot erinnert an das Eisenbahn-Modell. Sie ist seine extreme Zuspitzung. Auch hier treten Reisende so auf, als wären sie Grundbesitzer, nur daß sich das angestammte Territorium, das sie verteidigen, in eine dahintreibende Nußschale verwandelt hat, und daß es nicht mehr um ein bißchen mehr Komfort, sondern um Leben und Tod geht.

Es ist natürlich kein Zufall, daß das Gleichnis vom Rettungsboot im politischen Diskurs über die Große Wanderung wieder auftaucht, und zwar in Form einer Tatsachenbehauptung: »Das Boot ist voll.« Daß dieser Satz faktisch nicht zutrifft, ist noch das wenigste, was an ihm auszusetzen wäre. Ein Blick auf die Umgebung genügt, um ihn zu widerlegen. Das wissen auch alle, die ihn im Munde führen. Es kommt ihnen nicht auf seinen Wahrheitsgehalt an, sondern auf das Phantasma, das er ausdrückt, und das ist allerdings erstaunlich. Offenbar wähnen viele Westeuropäer, daß sie sich in Lebensgefahr befinden. Sie vergleichen ihre Lage mit der von Schiffbrüchigen. Die Metapher wird sozusagen auf den Kopf gestellt. Es sind die Eingesessenen, die sich einbilden, sie wären *boat people* auf der Flucht, Auswanderer vom Zwischendeck oder ausgehungerte Albaner auf einem überfüllten Geisterschiff. Die Seenot, die auf diese Weise halluziniert wird, soll vermutlich ein Verhalten rechtfertigen, das nur in extremen Situationen vorstellbar ist. Die abgehackten Hände aus der Parabel lassen grüßen.

## XIII

Der Vergleich mit einem Eisenbahnabteil hat etwas Tröstliches, schon weil der Ort der Handlung so übersichtlich ist. Selbst auf dem Schrekkensbild des Rettungsbootes sind noch einzelne Menschen zu erkennen. Wie auf Géricaults Gemälde lassen sich individuelle Gesichter, Handlungen, Schicksale unterscheiden. Auf dem *Floß der Medusa* sieht man achtzehn Personen. In den Statistiken der Gegenwart, mögen sie von Hungernden, von Arbeitslosen oder Flüchtlingen handeln, ist die Million die gängige Münze. Die schiere Vielzahl entwaffnet das Vorstellungsvermögen. Das wissen auch die Hilfsorganisationen und ihre Spendensammler. Deshalb bilden sie immer nur ein einziges Kind mit großen trostlosen Augen ab, um die Katastrophe dem Mitgefühl kommensurabel zu machen. Aber der Terror der großen Zahl ist augenlos. Vor der maßlosen Überforderung versagt die Empathie, und die Vernunft wird ihrer Ohnmacht inne.

## XIV

»Überflüssig, überflüssig! Ein ausgezeichnetes Wort habe ich da gefunden. Je tiefer ich in mich eindringe, je aufmerksamer ich meine ganze Vergangenheit betrachte, desto mehr überzeuge ich mich von der strengen Wahrheit dieses Ausdrucks. Ein überflüssiger Mensch – so ist es. Für andere Menschen als mich könnte dieses Wort nicht gebraucht werden. Es gibt allerdings allerlei Menschen, schlechte und gute, kluge und dumme, angenehme und unangenehme – aber überflüssige gibt es nicht.«

Es wäre Iwan Turgenjew nicht in den Sinn gekommen, seine Amme, den Kutscher, die Bauern auf dem Gut, geschweige denn ganze Dörfer, Landstriche, Völker, Kontinente für überflüssig zu halten. Die Lage seines Helden Čulkaturin mutet, hundertfünfzig Jahre nach seinem Ableben, geradezu idyllisch an. Er spricht von seinem Vater, einem Gutsbesitzer, von seinen Landhäusern, seiner Langeweile, seiner Einsamkeit, seinem Überdruß. »Für andere Menschen als für mich«, denkt er, »könnte dieses Wort nicht gebraucht werden.«

Das hat sich als ein verheerender Irrtum erwiesen. Gewiß hat es große Massaker und endemische Armut zu allen Zeiten gegeben. Feinde waren Feinde, und die Armen waren arm; doch erst seitdem die Geschichte zur Weltgeschichte geworden ist, sehen sich ganze Völker zur Überflüssigkeit verurteilt, und zwar durch Urheber, die eigentümlich subjektlos bleiben. Die Instanzen, die dieses Urteil verhängen, heißen »Kolonialismus«, »Industrialisierung«, »technischer Fortschritt«, »Revolution«, »Kollektivierung«, »Endlösung«, »Versailles« oder »Jalta«, und ihre Dekrete werden offen ausgesprochen und systematisch in die Tat umgesetzt, so daß keiner im Zweifel darüber sein kann, welches Los ihm zugedacht ist: Landflucht oder Emigration, Vertreibung oder Genozid.

Das staatlich organisierte Verbrechen ist nach wie vor an der Tagesordnung, aber als übergreifende anonyme Instanz tritt immer deutlicher »der Weltmarkt« auf, der immer größere Teile der Menschheit für überflüssig erklärt, nicht durch politische Hetze, Führerbefehl oder Parteibeschluß, sondern gleichsam von selbst, durch seine eigene Logik, die dazu führt, daß immer mehr Menschen aus ihm »herausfallen«. Das Resultat ist nicht weniger mörderisch, nur daß sich weniger denn je zuvor ein Schuldiger dingfest machen läßt. In der Sprache der Ökonomie heißt das: einem enorm steigenden Angebot an Menschen steht eine deutlich sinkende Nachfrage gegenüber. Selbst in reichen Gesellschaften kann jeder schon morgen überflüssig sein. Wohin mit ihm?

## XV

Mit dem logischen Status von Wahnvorstellungen ist es so bestellt, daß zwei Phobien, die einander ausschließen, ohne weiteres in ein und demselben Gehirn Platz finden. So erklärt es sich, daß viele Anhänger des Rettungsboot-Modells zugleich von einem anderen Phantasma heimgesucht werden, das genau die umgekehrte Angst ausdrückt. Auch hier wird die Form einer Tatsachenbehauptung bevorzugt: »Die Deutschen (Franzosen, Schweden, Italiener usw.)

sterben aus.« Als schüttere Basis für solche Parolen müssen langfristige Extrapolationen der augenblicklichen Bevölkerungsentwicklung herhalten, obwohl sich solche Vorhersagen in der Vergangenheit immer wieder als falsch erwiesen haben. Das entsprechende Szenario malt die schrecklichen Folgen aus: Vergreisung, Dekadenz, Entvölkerung, nicht ohne besorgte Seitenblicke auf das Wirtschaftswachstum, das Steueraufkommen und das Rentensystem.

Panik verursacht somit die Vorstellung, es könnten auf ein und demselben Territorium gleichzeitig zu wenige und zu viele Menschen existieren – ein Leiden, für das ich die Bezeichnung *demographische Bulimie* vorschlagen möchte.

## XVI

Analysen aus jenen fernen Zeiten, da man zumindest noch versucht hat, eine politische Ökonomie der Migrationen zu entwerfen, wirken im Vergleich zum deliranten Gefasel der Gegenwart geradezu wohltuend in ihrer Nüchternheit. Um die Jahrhundertwende hat der amerikanische Ökonom Richmond Mayo-Smith ein Musterbeispiel kaltblütiger Überlegung geliefert:

»Einwanderer bringen meist kein nennenswertes Kapital mit; per saldo überwiegen wahrscheinlich jene Beträge, welche die Immigranten nach Hause schicken, um ihre Familien und ihre Freunde zu unterstützen oder ihnen ebenfalls die Auswanderung zu ermöglichen. Den eigentlichen Wert als Produktionsfaktor stellt der Einwanderer selbst dar. Ein erwachsener Sklave zum Beispiel wurde dem Vernehmen nach auf einen Geldwert von 800 bis 1000 $ geschätzt; man wird den Wert eines erwachsenen Einwanderers ebenso hoch veranschlagen können.

Andererseits hat man behauptet, jeder erwachsene Einwanderer stelle einen Geldwert dar, welcher den Kosten entspricht, die bei der Aufzucht eines Kindes bis zum Alter von fünfzehn Jahren entstehen. Ernst Engel hat diese Kosten, für ein deutsches Kind, mit 550 $ angegeben.

Wissenschaftlich gesehen geht man jedoch am besten so vor, daß man den voraussichtlichen Arbeitslohn des Einwanderers für den Rest seines Lebens berechnet und seine Lebenshaltungskosten davon abzieht. Die Differenz ist sein Nettogewinn, mit dem er zum Wohl seines Einwanderungslandes beiträgt. W. Farr hat ihn für einen ungelernten englischen Auswanderer mit ungefähr 175 Pfund beziffert. Multipliziert man die Gesamtzahl der Immigranten mit diesem Betrag, so müßte sich daraus der jährliche Wert der Einwanderung ergeben.

All diese Versuche, einen exakten Geldwert für die Wanderungsbewegung anzugeben, führen jedoch in die Irre, weil sie die Qualifikation der Arbeitskraft und die Nachfrage auf dem Arbeitsmarkt vernachlässigen. Der Einwanderer bringt nämlich nur dann die Kosten für seine Aufzucht ein, wenn er bei guter Gesundheit und außerdem ehrlich und arbeitswillig ist. Hingegen kann er, statt ihr Gewinn zu bringen, der Gesellschaft zur Last fallen, wenn er krank, behindert, unehrlich oder faul ist. Im übrigen schlägt der Immigrant auch nur dann mit seinem künftigen Nettogewinn zu Buche, wenn seine Arbeitskraft gefragt ist.«

## XVII

Lange Zeit hat man sich in Europa mehr Sorgen über die Folgen der Aus- als der Einwanderung gemacht. Diese Diskussion reicht bis ins 18. Jahrhundert zurück. Der Begriff des Bevölkerungs*reichtums* stammt aus der Ideenwelt des

Merkantilismus. Man betrachtete damals die Auswanderung als Aderlaß und suchte sie zu beschränken, ja zu verbieten. Heimliche Emigration, besonders aber Anwerbung und Beihilfe dazu, war in vielen Staaten mit Leib- und Lebensstrafen bedroht, eine Praxis, an der die Kommunisten bekanntlich bis in die jüngste Zeit festgehalten haben. Schon Ludwig XIV. ließ die Grenzen scharf bewachen, um seine Untertanen im Land zu halten, und in England bestand für qualifizierte Facharbeiter ein Auswanderungsverbot bis in die Mitte des 19. Jahrhunderts. Der sogenannte Abschoß, das Frei- oder Abfahrtsgeld, eine Steuer, die auf das Vermögen von Emigranten erhoben wurde, galt in Deutschland bis 1817, und die Nazis sind auf dieses konfiskatorische Verfahren zurückgekommen, solange sie die Juden noch nicht ermorden, sondern nur vertreiben wollten.

## XVIII

Irland ist das klassische Beispiel eines Auswanderungslandes. Infolge der brutalen Ausbeutung durch die Engländer kam es in den 1840er Jahren zu einer Hungerkatastrophe, von der das

Land sich bis heute nicht erholt hat. Irland hatte 1843 eine Bevölkerung von achteinhalb Millionen; 1961 war diese Zahl auf weniger als drei Millionen gesunken. In der Zeit von 1851 bis 1901 sind durchschnittlich 72% aller Iren ausgewandert. Bis auf den heutigen Tag gehört Eire zu den ärmsten Ländern Westeuropas. Über die Frage, ob daran die Auswanderung schuld ist oder ob sie im Gegenteil die Lage der Einwohner verbessert hat, kann man sich lange den Kopf zerbrechen.

Ein naives, aber einleuchtendes Resümee zieht der anonyme Mitarbeiter eines Lexikons aus dem Jahre 1843: »Als Heilmittel des Pauperismus ist das Auswandern unkräftig. Könnte man heute alle Armen aus den vom Pauperismus heimgesuchten Ländern fortschaffen, so würde es doch, wenn seine Ursachen fortwirken, in 20, vielleicht in 10 Jahren wieder ebenso viele geben ... Hauptsächlich soll der Staat danach streben, in seinem Innern solche Zustände zu gründen und zu erhalten, bei denen wenigstens nicht Noth und Unzufriedenheit die Menschen forttreibt.«

## XIX

Für jedes Folgenkalkül ist die Tatsache entscheidend, daß die Auswanderer nie einen Querschnitt durch die gesamte Population darstellen. »Es sind die Energischen, besser Ausgebildeten, Ehrgeizigen, die ihre Erfolgschancen im Land ihrer Wahl suchen und dabei ein Risiko eingehen; die Armen, die Trägen, die Schwachen und die Behinderten bleiben zurück«, heißt es bei dem bereits zitierten amerikanischen Ökonomen Mayo-Smith. »Man behauptet, daß es auf diese Weise zu einer negativen Selektion im Ursprungsland kommt.«

Vieles spricht auch heute noch für diese These. Der *brain drain*, eine Art demographischer Kapitalflucht, hat für Länder wie China und Indien, aber auch für die frühere Sowjetunion, verheerende Folgen. Er hat auch beim Niedergang der DDR eine erhebliche Rolle gespielt. Ein großer Teil der iranischen Intelligenz ist in den letzten Jahrzehnten ausgewandert. Die Zahl der Ärzte aus der Dritten Welt, die in Westeuropa arbeiten, übertrifft die der Entwicklungshelfer, die von den Staaten der Europäischen Gemeinschaft nach Asien, Afrika und Lateinamerika entsandt werden, wo es überall an ausgebildeten Medizinern fehlt.

Je höher die Qualifikation der Einwanderer, desto weniger Vorbehalte begegnen ihnen. Der indische Astrophysiker, der chinesische Stararchitekt, der schwarzafrikanische Nobelpreisträger – sie sind überall auf der Welt willkommen. Von den Reichen ist in diesem Zusammenhang ohnehin nie die Rede; niemand stellt ihre Freizügigkeit in Frage. Für Geschäftsleute aus Hongkong ist der Erwerb eines britischen Passes kein Problem. Auch das Schweizer Bürgerrecht ist für Einwanderer aus beliebigen Herkunftsländern nur eine Preisfrage. Dem Sultan von Brunei hat noch niemand seine Hautfarbe übelgenommen. Wo die Konten stimmen, versiegt wie durch ein Wunder der Fremdenhaß.

Den Vogel schießen in dieser Hinsicht die Drogen- und Waffenhändler ab, zusammen mit den Bankiers, die ihr Geld waschen. Sie kennen keine Rassen mehr und sind über jeden Nationalismus erhaben. Vermutlich sind sie die einzigen auf der Welt, denen jedes Vorurteil fernliegt. Fremde sind um so fremder, je ärmer sie sind.

## XX

Aber auch die Armen sind keine homogene Gesellschaft. In allen reichen Ländern gibt es komplizierte Prozeduren zur Kontrolle der Einwanderung. Sie begünstigen jene, die über ganz bestimmte Eigenschaften verfügen, wie sie im Kapitalismus hochgeschätzt werden, als da sind Weltkenntnis, Durchsetzungsvermögen, Flexibilität und kriminelle Energie. Diese Tugenden sind zur Überwindung bürokratischer Barrieren unentbehrlich. In anderen Situationen kommt es dagegen auf die schiere physische Stärke an. Es waren die jüngsten und kräftigsten unter den Albanern, die sich bis zuletzt gegen die italienischen Behörden durchsetzen konnten.

»Auf der anderen Seite heißt es, daß jene, denen es zu Hause gut geht, am wenigsten geneigt seien, auszuwandern, weil sie dadurch am wenigsten zu gewinnen hätten.« Und Mayo-Smith fährt fort: »Es seien daher die unruhigen Elemente, die Erfolglosen oder zumindest Menschen, die der harten Konkurrenz auf dem heimischen Arbeitsmarkt nicht gewachsen sind, am ehesten versucht, fortzugehen.«

Daß daran etwas Wahres ist, zeigt sich an den

ahnungslosen Opfern der Schlepper-Organisationen, die in Asien, Afrika und Osteuropa operieren. Sie haben gewöhnlich nicht die geringste Vorstellung von dem, was sie erwartet. Diese Wanderer wirken, am Ziel ihrer Flucht angekommen, apathisch, als hätten sie längst jede Hoffnung fahren lassen.

## XXI

Schwarzmärkte blühen überall dort auf, wo es Restriktionen gibt. Nach dem Prinzip der kommunizierenden Röhren sorgen sie, ohne Rücksicht auf Gesetze, Vorschriften und ethische Normen, für den Druckausgleich zwischen Angebot und Nachfrage. Da es völlig geschlossene Systeme in der wirklichen Welt nicht gibt, kann man illegale Transaktionen zwar durch Kontrollen erschweren, aber niemals ganz verhindern. Die Marktkräfte suchen und finden die kleinste Lücke, den winzigsten Riß und unterlaufen auf die Dauer gesehen jede Abschottung.

So hat sich in allen wohlhabenden Ländern ein illegaler Menschenhandel entwickelt. Während aber auf klassischen Schwarzmärkten stets höhere Preise als im legalen Handel erzielt werden, folgt der schwarze Arbeitsmarkt der umgekehrten Logik. Hier regiert nicht der Mangel, sondern der Überfluß. Überflüssige Menschen sind billig. Die klandestine Einwanderung senkt den Preis der Arbeitskraft.

Jeder illegal beschäftigte Immigrant setzt jedoch einen illegal operierenden Unternehmer voraus. Die Schattenwirtschaft arbeitet in der Regel mit kriminellen Schlepperketten und -netzen Hand in Hand. Vor allem im Baugewerbe, in der Textilindustrie und auf dem Sektor der einfachen Dienstleistungen herrschen Praktiken, die an die Sklavenmärkte der Vergangenheit erinnern.

In manchen Teilen der USA und in den europäischen Mittelmeerländern verfügt die Schattenökonomie über so viel politische Macht, daß sie in der Lage ist, erheblichen Druck auf die Administration auszuüben. Auch in Deutschland drücken die Behörden oft mehr als ein Auge zu, wenn es um die illegale Beschäftigung geht. Regelungen, die die Einwanderung eindämmen sollen, werden unterderhand sabotiert, und es kommt zu eigenartigen Kompromißbildungen.

Daß der Umfang dieser Sklavenmärkte unbekannt ist, liegt in der Natur der Sache. Niemand hat ein Interesse daran, ihn zu ermitteln. Fest steht nur, daß die Dunkelziffern sehr hoch sind. In den USA rechnet man mit mehreren Millionen illegaler Einwanderer, vor allem aus Mexico. Auch in Italien dürfte die Millionengrenze längst überschritten sein. Wo immer man genauer hinsieht, zeigt sich, daß die offiziell verkündete »Ausländerpolitik« auf einer Reihe von Lebenslügen beruht.

## XXII

Stellt die Große Wanderung eine Lösung dar, und wenn ja, für welches Problem? Wäre, um ein krasses Beispiel zu nennen, Albanien damit geholfen, daß die aktive Hälfte seiner Bewohner in anderen Ländern Aufnahme fände? »Diese Frage läßt keine allgemeine Antwort zu.« Das ist der reichlich allgemeine Schluß, zu dem seinerzeit Richmond Mayo-Smith kam. Dem ist, hundert Jahre später, wenig hinzuzufügen.

## XXIII

»Die Gottheit des Asylons gewährte das Geschenk der Immunität jedem unschuldig Verfolgten, besonders auch dem Landfremden, doch auch dem mit Mordschuld Beladenen, um die Kontinuität der Blutrache aufzuheben. Hier liegen die Ansätze für die sekundäre politisch-soziale Ausformung des Asyl-Gedankens im utilitaristischen Sinne einer nicht mehr vorwiegend religiös gebundenen Rechtsordnung. Diese billigte nicht mehr allen, sondern nur bestimmten, durch Tradition und Bedeutung hervorragenden Altertümern die Asylie als ein von staats- und wirtschaftspolitischen Gesichtspunkten diktiertes und der diplomatischen Anerkennung durch Dekret bedürftiges Privileg zu. Sie garantierte damit den Schutz des sonst praktisch rechtlosen Fremden im Interesse internationalen Handelsverkehrs.« (*Der Kleine Pauly*. München 1975. I, 671)

Das Asyl ist ein uralter Brauch sakralen Ursprungs. Seinen Namen verdankt er den Griechen, die ihn als erste formalisiert haben, doch läßt er sich auch bei vielen anderen Stammesgesellschaften nachweisen, zum Beispiel bei den

Juden. Er bestand auch im Mittelalter fort. Verbrecher und Schuldner, die sich in eine Kirche geflüchtet hatten, durften nur mit Genehmigung des Bischofs der weltlichen Gerechtigkeit ausgeliefert werden. In neueren Zeiten wurde dieser Brauch immer weiter eingeschränkt, zuerst in den protestantischen Ländern, und mit dem modernen Strafrecht ist er ganz verschwunden.

Im Völkerrecht galten zunächst die Gesandtschaften als Asylorte, eine Tradition, die sich besonders in Lateinamerika bis heute behauptet hat. Die Nationalstaaten leiteten aus ihrem erweiterten Souveränitätsbegriff das Recht ab, Landfremde, die in ihrer Heimat politisch verfolgt wurden, aufzunehmen und ihre Auslieferung zu verweigern. Dabei handelt es sich nicht um ein individuelles Recht des Flüchtlings, sondern um ein Recht, das dem aufnehmenden Staat zusteht. Klassische Fälle dieser Praxis waren die aufständischen Polen, aber auch Revolutionäre wie Garibaldi, Kossuth, Louis Blanc, Bakunin und Mazzini, die in ihren Herkunftsländern als Verbrecher betrachtet, in den Ländern, die sie aufnahmen, aber nicht selten als Helden gefeiert wurden.

Mit solchen historischen Erscheinungen haben

jene Flüchtlinge, die man bei uns als Asylbewerber oder Asylanten bezeichnet, gewöhnlich wenig gemein. Der heutige Sprachgebrauch ist von einer ganz anderen Bedeutung beeinflußt, die das Wort in der viktorianischen Zeit angenommen hat.

»Die am häufigsten vorkommenden Asyle, deren Bedürfnis sich vornehmlich in den großen Städten fühlbar macht, sind folgende: 1) für Trunkenbolde (Trinkerasyle); 2) für Prostituierte (öfters Magdalenenstifte benannt); 3) für entlassene Strafgefangene, denen es an Beschäftigung fehlt; 4) für arme Wöchnerinnen; 5) Asyle für Obdachlose.« So altfränkisch drückt sich ein deutsches Nachschlagewerk der Jahrhundertwende aus.

Mit dem ursprünglichen Sinn der Asylie haben solche Verwahranstalten nicht das geringste zu tun. Sie sind nicht für Landfremde, sondern für stigmatisierte Einheimische gedacht. Der einzige gemeinsame Nenner für diese Menschen ist ihre Armut.

## XXIV

Der Gedanke des Asyls war von Anfang an zweideutig. Religiös bestimmte Ethik und Opportunität sind dabei eine schwer durchschaubare Verbindung eingegangen. Am Anfang standen Raub, Mord und Totschlag. Innerhalb des eigenen Clans gab es keine andere Sanktion als die endlose Kette der Vergeltung. Wer nicht zum Stamm gehörte, war gänzlich rechtlos. Die Asylie, etymologisch betrachtet der Ort, wo man nicht geplündert wird, war ein Notbehelf, um Abhilfe zu schaffen und Austausch und Verkehr über die Stammesgrenzen hinweg überhaupt zu ermöglichen.

Dabei mußte in Kauf genommen werden, daß die Immunität des Asyls gleichermaßen für Schuldige und Unschuldige, Täter und Opfer galt. Die moralische Zweideutigkeit dieser Kompromißbildung läßt sich bis in die jüngste Zeit hinein verfolgen. Man braucht nur an Figuren wie Pol Pot in Peking, Idi Amin in Libyen, Marcos auf Hawaii oder Stroessner in Brasilien zu denken, ganz zu schweigen von den zahlreichen Nazis, die mit Hilfe des Vatikans in Lateinamerika Zuflucht gefunden haben. Ursprünglich mag diese Praxis die Absicht verfolgt haben, gestürzten Gewalthabern eine Rückzugsmöglichkeit zu eröffnen und das Risiko eines Bürgerkriegs zu mindern. Wie aber das kambodschanische Beispiel zeigt, kann die Gewährung des Asyls auch umgekehrt dem Ziel dienen, Konflikte weiter zu schüren. Der »edle« Asylsuchende ist jedenfalls eine Denkfigur des 19. Jahrhunderts. In der historischen Perspektive stellt er die Ausnahme dar.

## XXV

Die Verquickung des Asylrechts mit Fragen der Ein- und Auswanderung hat fatale Folgen. Durch die sozialpolitische Ausdehnung, die der Asylbegriff erfahren hat, ist die Konfusion noch größer geworden. Es ist nicht einzusehen, warum Einwanderer mit gestürzten Diktatoren und flüchtigen Verbrechern oder mit Alkoholikern und Landstreichern gleichgesetzt werden sollten. Auf diese Weise ist der »Asylant« zum diskriminierenden, negativ aufgeladenen Kampfbegriff geworden.

Die absichtsvoll herbeigeführte Verwechslung rächt sich aber an denen, die sie praktizieren. Es widerspricht nämlich dem Grundgedanken des Asyls, die Guten von den Schlechten zu trennen, nach dem Motto: Wer ein »echter« Asylsuchender ist, entscheide ich.

Das ist im übrigen selbst beim besten Willen, der allerdings kaum vorausgesetzt werden kann, nicht möglich. Die Unterscheidung zwischen Wirtschaftsflüchtlingen und politisch Verfolgten ist für viele Herkunftsländer zum Anachronismus geworden. Ein Rechtsstaat, der sie treffen will, muß sich blamieren, denn es wird immer schwerer zu bestreiten, daß die Verelendung ganzer Kontinente politische Ursachen hat, wobei sich endogene und exogene Faktoren nicht mehr säuberlich unterscheiden lassen. Schließlich wird der diffuse Weltbürgerkrieg zwischen Gewinnern und Verlierern nicht nur mit Bomben und Maschinenpistolen ausgetragen. Korruption, Verschuldung, Kapitalflucht, Hyperinflation, Ausbeutung, ökologische Katastrophen, religiöser Fanatismus und schlichte Unfähigkeit können einen Grad erreichen, der ebenso massive Fluchtgründe abgibt wie die direkte Drohung mit Gefängnis, Folter oder Erschießung. Schon allein daran müssen alle administrativen Verfahren scheitern, die darauf abzielen, den einwandfreien vom mißbräuchlichen Asylsuchenden zu unterscheiden.

## XXVI

Deutschland bietet sich als Exempel an für ein Land, das seine heutige Population riesigen Wanderbewegungen verdankt. Seit den ältesten Zeiten ist es hier aus den verschiedensten Gründen zu einem fortwährenden Austausch von Bevölkerungsgruppen gekommen. Schon auf Grund ihrer geographischen Lage sind die Deutschen, ebenso wie die Österreicher, ein besonders bunt gemischtes Volk. Daß ausgerechnet hier Blut- und Rassenideologien zur politischen Herrschaft gelangt sind, läßt sich allenfalls kompensatorisch verstehen. Der Arier war nie etwas anderes als ein lächerliches Konstrukt. (Insofern unterscheidet sich der deutsche vom japanischen Rassismus, der sich auf die relativ hohe ethnische Homogenität der Inselbevölkerung beruft.) Ein flüchtiger Blick in den Geschichtsatlas, und man begreift, daß die Vorstellung, es gebe ein kompaktes deutsches Volk, höchst abwegig ist. Ihre Funktion kann nur darin bestehen, eine besonders fragile nationale Identität durch Fiktionen zu stützen.

Davon legt gerade die jüngste Geschichte des Landes Zeugnis ab. Der Zweite Weltkrieg hat die Deutschen in mehr als einem Sinn mobilisiert. Verglichen mit diesen katastrophalen Bewegungen wirken alle heutigen Turbulenzen harmlos. Nicht nur schwärmte der größte Teil der männlichen Bevölkerung bis zum Nordkap und bis in den Kaukasus aus (und in der Gefangenschaft bis nach Sibirien und Neu-England); nicht nur trieb der Faschismus wesentliche Teile der deutschen Eliten und die gesamte jüdische Bevölkerung in die Emigration und in den Tod; es wurden während des Krieges fast zehn Millionen Zwangsarbeiter aus ganz Europa nach Deutschland verschleppt, ein Drittel davon Frauen, so daß 30% aller Arbeitsplätze, in der Rüstung sogar über die Hälfte, von Ausländern besetzt waren. Nach dem Krieg folgten ihnen Millionen von *displaced persons*, von denen allerdings die wenigsten in Deutschland blieben.

Nach dem Krieg setzten weitere Migrationen großen Stils ein. Die Zahl der Flüchtlinge, die zwischen 1945 und 1950 aus dem Osten in die vier Besatzungszonen kamen, wird auf zwölf Millionen geschätzt; dazu kamen bis heute fast drei Millionen Um- und Aussiedler aus Osteuropa und der Sowjetunion, die als deutschstämmig galten. Aus der ehemaligen DDR gingen zwischen 1944 und 1989 4,4 Millionen in den Westen. Mitte der fünfziger Jahre begann die systematische Anwerbung von Arbeitsimigranten, der es in der Hauptsache zu verdanken ist, daß in Deutschland über fünf Millionen Ausländer ihren legalen Wohnsitz haben. (Damit ist der Ausländeranteil von 10% noch lange nicht erreicht, den das Deutsche Reich, wenn man die Polen aus den preußischen Ostprovinzen mit einrechnet, vor dem Ersten Weltkrieg zu verzeichnen hatte.)

Das Asylrecht spielte bei diesen Wanderungsbewegungen bis in die achtziger Jahre hinein nur eine verschwindend geringe Rolle. Umgekehrt sind zwischen 1955 und 1986 alljährlich zwischen 400 000 und 600 000 Personen ausgewandert, eine Tatsache, die in der politischen Diskussion bemerkenswerterweise mit Stillschweigen übergangen wird.

Es ist rätselhaft, daß eine Bevölkerung, die innerhalb ihrer eigenen Lebenszeit solche Erfahrungen gemacht hat, unter dem Wahn leiden kann, sie hätte es, angesichts heutiger Wanderungen, mit etwas noch nie Dagewesenem zu tun. Es ist, als wären die Deutschen einer Amnesie anheimgefallen, wie sie bei den Fahrgästen im Eisenbahn-Modell zu beobachten war. Selber zu einem erheblichen Teil Neuankömmlinge, pochen sie, kaum daß sie sich einen Platz gesichert haben, auf die Vorrechte jener, die schon ewig da waren. Die Folgen gehen, wie man weiß, über das widerwillige Platzrücken im Erster-Klasse-Abteil hinaus. Seit 1991 ist die Dimension der organisierten Menschenjagd erreicht.

## XXVII

Der Fremdenhaß – ein spezifisch deutsches Problem? Das wäre nicht zu häßlich, es wäre zu schön, um wahr zu sein. Die Lösung läge auf der Hand. Man bräuchte nur die Bundesrepublik zu isolieren, und der Rest der Welt könnte aufatmen. Es wäre leicht, auf einige Nachbarländer zu verweisen, die der Immigration mit erheblich rigoroseren Mitteln begegnen als die Deutschen, und deren Aufnahmequoten weit unter den hiesigen liegen. Aber solche Vergleiche sind unfruchtbar. Natürlich ist die Xenophobie eine universelle Erscheinung. Auch die Irrationalität der Auseinandersetzung ist nicht spezifisch deutsch; das Thema scheint der Vernunft überall schwer zugänglich zu sein. Was ist also an den Deutschen so sonderbar? Warum zeichnet sich hier eine derart extreme Polarisierung ab?

Allein aus den historischen Schuldgefühlen der Deutschen, so wohl sie begründet sind, wird sich das nicht erklären lassen. Die Gründe reichen weiter zurück. Sie liegen im prekären Selbstverständnis dieser Nation. Es ist eine Tatsache, daß die Deutschen sich und einander nicht leiden können. Die Gefühle, die bei der deutschen Vereinigung zutage getreten sind, lassen daran keinen Zweifel. Wer sich selber nicht mag, dürfte sich aber mit der Fernstenliebe noch etwas schwerer tun als andere.

Das zeigt sich nicht nur an der Fremdenfeindschaft, die von der Leugnung offenkundiger Tatsachen (»Deutschland ist kein Einwanderungsland«) bis zur Mobilisierung von Schlägerbanden ein trübes Kontinuum ausgebildet hat, sondern auch an ihrem Widerpart.

Nirgends wird die universalistische Rhetorik höher geschätzt als hier. Die Verteidigung der Einwanderer tritt mit einem moralisierenden Gestus auf, der an Selbstgerechtigkeit nichts zu wünschen übrigläßt. Losungen wie »Ausländer, laßt uns nicht mit den Deutschen allein!« oder »Nie wieder Deutschland« zeugen von einer pharisäerhaften Umpolung. Das rassistische Klischee erscheint im Negativ. Die Immigranten werden idealisiert, nach einem Schema, das an den Philosemitismus erinnert. Die Umkehrung des Vorurteils kann, weit genug getrieben, bis zur Diskriminierung der Mehrheit gehen. Der Selbsthaß wird auf die andern projiziert, etwa mit der lügenhaften Behauptung »Ich bin ein Ausländer«, mit der sich zahlreiche Deutsche, die sich für prominent halten, hervorgetan haben.

Dabei kommt es zu einer merkwürdigen Allianz zwischen den Resten der Linken und dem Klerus. Ähnliche Bündnisse sind auch in Skandinavien zu beobachten. Das legt die Vermutung nahe, daß diese Haltung etwas mit der politischen Kultur des Protestantismus zu tun hat. Nun gehört die Verkündigung der Bergpredigt sicherlich zu den Aufgaben der Kirche. Ihre Wirkungslosigkeit kann im religiösen Kontext kein Einwand sein. Zu Scheinheiligkeit wird das Bekenntnis erst dann, wenn es sich als politische Lösung ausgibt. Wer seine Landsleute auffordert, allen Mühseligen und Beladenen der Welt eine Zuflucht zu bieten, womöglich unter Berufung auf kollektive Verbrechen, die von der Eroberung Amerikas bis zum Holocaust reichen, ohne Folgenkalkül, ohne politische und ökonomische Vermittlung, ohne Rücksicht auf die Realisierbarkeit eines solchen Vorhabens, macht sich unglaubwürdig und handlungsunfähig. Tiefgreifende gesellschaftliche Konflikte können nicht durch Predigten abgeschafft werden.

Dem Köhlerglauben, daß das widerspenstige Sein dem richtigen Bewußtsein schon parieren werde, wenn man den Leuten nur genügend einheizt, hängt eine desorientierte Linke offenbar nach wie vor an, ihren eigenen Klassikern zum Hohn und ungeachtet der ungeheuren Pleite, die der Sozialismus damit erlebt hat, daß er sich jahrzehntelang in die eigene Tasche log. Daß sich eine selbsternannte Minderheit von Gerechten ein anderes Volk wünscht, mag ihrem erzieherischen Ehrgeiz entsprechen. Ein Sinneswandel wird sich aber durch moralische Erpressung kaum erzielen lassen. »Wäre es da nicht einfacher, die Prediger / Lösten das Volk auf und / Wählten ein anderes?«

## XXVIII

Die Neigung zum Prinzipiellen gehört zu den sprichwörtlichen Traditionen der deutschen Intelligenz. Sie führt nicht nur zu einer fortwährenden ethischen Selbstüberforderung und zu einem wiederkehrenden Verlust an Glaubwürdigkeit; sie hat auch noch eine andere unerfreuliche Seite. Als fiele es den Deutschen nicht schon schwer genug, mit sich selber und mit ihren Nachbarn ins reine zu kommen, sollen nun die Bösewichter von gestern zum selbstlosen Vorbild für alle andern werden, auf daß am bußfertigen deutschen Wesen die Zweite und die Dritte Welt genese. Auch in diesem Fall blamiert sich die Idee, sobald sie mit einem Interesse zusammenstößt. Bei dieser Art, Politik zu treiben, ist allerdings die Peinlichkeit noch das geringste Risiko.

## XXIX

Wie viele Einwanderer ein Land aufnehmen kann, wird sich nie vorhersagen lassen. Zu viele unabhängige Variable sind im Spiel. Auch kommt es nicht nur auf die absoluten Zahlen an.

Sozialpsychologische Lern- und Gewöhnungsprozesse lassen sich nicht beliebig beschleunigen. Bei ungeübten Populationen können abrupte Steigerungen der Quoten quasi allergische Reaktionen hervorrufen.

Die besten objektiven Anhaltspunkte wird aber die ökonomische Analyse bieten. Die unvermeidlichen Konflikte, die durch massenhafte Migration entstehen, haben sich erst dann verschärft, als die Arbeitslosigkeit in den Aufnahmeländern chronisch wurde. In den Zeiten der Vollbeschäftigung, die wahrscheinlich nie wiederkehren, wurden Millionen von Arbeitsimmigranten angeworben. In die USA kamen fast zehn Millionen Einwanderer aus Mexico, nach Frankreich drei Millionen aus dem Maghreb, in die Bundesrepublik fünf Millionen, darunter fast zwei Millionen Türken. Diese Wanderung wurde nicht nur geduldet, sie wurde emphatisch begrüßt. Die Stimmung schlug erst um, als die strukturelle Arbeitslosigkeit zunahm, und dies bei wachsender Prosperität. Seitdem sind die Chancen der Einwanderer auf dem Arbeitsmarkt drastisch gesunken. Vielen steht eine Karriere als Sozialhilfeempfänger bevor. Andere müssen, angesichts kaum überwindlicher bürokratischer Barrieren, unter Bedingungen der Illegalität leben. Die einzigen Perspektiven, die ihnen bleiben, heißen Schwarzarbeit und Kriminalität. Das Vorurteil wird auf diese Weise zur *self-fulfilling prophecy*.

## XXX

Ein weiteres strukturelles Hindernis für die Einwanderung, dessen Mächtigkeit unterschätzt wird, ist der Wohlfahrtsstaat. Im Unterschied zu Amerika, wo kein Neuankömmling erwarten kann, daß ihn ein soziales Netz auffängt, können die Bewohner vieler europäischer Staaten wenigstens minimale Sicherungen wie Arbeitslosengeld, Krankenversorgung und Sozialhilfe beanspruchen. Diese Rechte wird man im Prinzip und auf die Dauer auch den Einwanderern nicht verweigern können.

Wo aber nicht nur individuelle, sondern auch kollektive Besitzstände als heilig gelten, ist die Neigung, die Solidarität auf Landfremde auszudehnen, gering. Auch die Gewerkschaften und die Sozialdemokraten müssen in dieser Hinsicht lavieren, um so mehr, da der Wohlfahrtsstaat immer weiter unter Druck gerät. Die existierenden Sicherungssysteme verstehen sich als Genossenschaften von zahlenden Mitgliedern; ihr Zeithorizont ist kurz, ihre langfristige Finanzierung unsicher.

Es nützt wenig, den Beteiligten vorzurechnen, daß die Neuankömmlinge nicht nur Nutzer, sondern auch Beitragszahler sind, und daß sich die Einwanderung vorteilhaft auf die Altersstruktur der Bevölkerung auswirken kann. Die Voraussetzung dafür wäre nämlich, daß der Arbeitsmarkt die Zuwanderer aufnehmen kann. Viele Demographen halten die Hoffnung auf einen solchen Ausgleich ohnehin für eine Chimäre. Die Zuwanderung müßte nämlich enorme Größenordnungen erreichen, um die traditionelle Alterspyramide wiederherzustellen. Je nach den Modellvarianten hat man, damit dieses Ziel erreicht wäre, für die USA vier bis zehn, für die Bundesrepublik mindestens eine Million jüngerer Immigranten *pro Jahr* veranschlagt. Es spricht nichts dafür, daß sich hier ein solcher Zustrom politisch und ökonomisch bewältigen ließe.

## XXXI

Auf der subjektiven Seite sieht es womöglich noch schlechter aus. Die Bereitschaft und die Fähigkeit zur Integration kann nämlich heute in keinem Land und auf keiner Seite mehr vorausgesetzt werden. Die multikulturelle Gesellschaft bleibt ein konfuses Schlagwort, solange man die Schwierigkeiten tabuisiert, die ihr Begriff aufwirft, aber nicht klärt. Der zähe Streit, der darüber entbrannt ist, kann zu nichts führen, wenn kein Mensch weiß oder auch nur wissen will, was mit Kultur gemeint ist. »Alles, was Menschen tun und lassen« – das scheint die präziseste Definition zu sein, die den Gesprächsteilnehmern zur Verfügung steht. Schon aus diesem Grund ist die Debatte dazu verurteilt, den Widerspruch zwischen Verharmlosung und Verketzerung, Idylle und Panik zu reproduzieren.

Die Erfahrungen, die mit massiven Wanderungen in der Vergangenheit gemacht worden sind, werden in solchen Unterhaltungen ignoriert. Die Feinde der Einwanderung verleugnen die gelungenen Beispiele, die sich überall finden ließen, von den Finnlandschweden bis zu den

Hugenotten, von den Polen im Ruhrgebiet bis zu den Ungarnflüchtlingen von 1956. Die Befürworter wollen nichts von den Risiken hören. Sie lehnen es ab, die Bürgerkriege im Libanon, in Jugoslawien und im Kaukasus oder die Auseinandersetzungen in den amerikanischen Großstädten zur Kenntnis zu nehmen. Selten hat sich die Idee des Vielvölkerstaates als tragfähig erwiesen. Daß sich irgend jemand an den Zerfall des osmanischen Reiches oder der Habsburger Monarchie erinnert, ist vielleicht zuviel verlangt. Was aber die Sowjetunion angeht, so sind keinerlei Geschichtskenntnisse erforderlich; der Besitz eines Fernsehers genügt. Man hat dort viele Jahrzehnte lang und mit ungeheurem Aufwand versucht, einer »multikulturellen Gesellschaft« Gefühle der Zusammengehörigkeit und gemeinsame Ziele einzubleuen. Das Ergebnis war eine Implosion mit unberechenbaren Folgen.

Gefahren zeichnen sich auch in den klassischen Einwanderungsländern ab. Lange Zeit haben sich dort die Neuankömmlinge äußerst anpassungswillig gezeigt, auch wenn es fraglich ist, ob es den berühmten »Schmelztiegel« jemals gegeben hat. Die meisten Immigranten wußten zwischen Integration und Assimilation wohl zu unterscheiden. Sie akzeptierten die geschriebenen und ungeschriebenen Normen der Gesellschaft, die sie aufnahm, hielten aber lange an ihrer kulturellen Tradition und oft auch an ihrer Sprache und an ihren religiösen Überlieferungen fest.

Heute kann man weder bei den alten Minderheiten noch bei den Neuzuwanderern auf eine solche Haltung zählen. Immer mehr Gemeinsamkeiten werden aufgekündigt. Armut und Diskriminierung haben besonders in den USA, aber auch in Großbritannien und Frankreich zur Ideologisierung der Minoritäten geführt. Die Ausgeschlossenen drehen den Spieß um und schotten sich ihrerseits ab. Immer mehr Bevölkerungsgruppen pochen auf ihre »Identität«. Es ist keineswegs klar, was darunter zu verstehen sein soll. Militante Wortführer erheben separatistische Forderungen. Die Parolen greifen zuweilen auf das Erbe des Tribalismus zurück. Viel ist die Rede von einer schwarzen und von einer islamischen »Nation«. In England haben pakistanische Fundamentalisten ein »Muslimisches Parlament« gegründet mit der Begründung, die islamische Bevölkerung des Landes bilde ein eigenes politisches System. Verschwörungstheorien finden eine massenhafte Anhängerschaft; die Mehrzahl unter den Schwarzen in den USA glaubt allen Ernstes, hinter dem Drogenhandel verberge sich eine planmäßige Strategie der Weißen mit dem Ziel, die schwarze Minderheit auszurotten.

Nicht nur der Mehrheit gegenüber, auch unter den Minoritäten selbst kommt es zur Konfrontation. Afroamerikaner kämpfen gegen Juden, Latinos gegen Koreaner, Haitianer gegen einheimische Schwarze und so fort. Soziale Konflikte werden gewissermaßen nationalisiert. In einzelnen Stadtvierteln kommt es bereits zu Stammeskriegen. In extremen Fällen wird Apartheid als Menschenrecht eingeklagt und die Verstaatlichung des Ghettos zum Endziel erhoben. Die Wortführer dieser Bewegungen sind allerdings Demagogen ohne demokratische Legitimation, und es sieht nicht so aus, als stünden die Massen, die sie angeblich vertreten, hinter ihnen.

## XXXII

Auch wenn die Integrationsbereitschaft der Immigranten abnimmt, sind nicht sie es, die den Konflikt provozieren, sondern diejenigen, die sich als Einheimische fühlen. Ja, wenn es nur die Deklassierten, die Skinheads und Neonazis wären! Aber die Banden bilden nur die gewalttätige, selbsternannte Vorhut des Fremdenhasses. Von großen Teilen der europäischen Bevölkerung wird das Ziel der Integration bis heute nicht akzeptiert. Die Mehrheit ist nicht bereit dazu, ja sie ist gegenwärtig vielleicht nicht einmal dazu fähig.

Zur Abwehr der Einwanderung taucht neuerdings ein Argument auf, das interessanterweise aus dem Arsenal des Antikolonialismus stammt. Algerien den Algeriern, Cuba den Cubanern, Tibet den Tibetern, Afrika den Afrikanern – solche Losungen, die vielen Befreiungskämpfen zum Sieg verholfen haben, werden nun auch von den Europäern in Anspruch genommen, was einer gewissen heimtückischen Logik nicht entbehrt.

Eine menschenfreundliche Variante dieser Idee kann man in dem Projekt einer »präventiven

Migrationspolitik« sehen, das darauf abzielen soll, die Ursachen der Auswanderung zu beseitigen. Dazu wäre es nötig, das Niveaugefälle zwischen armen und reichen Ländern zu beseitigen oder zumindest erheblich zu reduzieren. Dieser Aufgabe dürfte das ökonomische Potential der Industrieländer nicht gewachsen sein, ganz abgesehen von den ökologischen Grenzen des Wachstums. Im übrigen ist der politische Wille zu einer globalen Umverteilung nirgends zu erkennen. Ein halbes Jahrhundert sogenannter Entwicklungspolitik läßt alle Hoffnungen auf eine solche Kehrtwendung utopisch erscheinen.

Imre Ferenczi, ein Mitarbeiter des Völkerbundes, hat sich schon im Jahre 1925 gefragt, wie es unter diesen Umständen jemals »zu einer gleichmäßigen Verteilung von Menschen auf der Erde kommen soll, die sich nach ihren Traditionen, ihrem Lebensstandard und ihrer Rasse stark voneinander unterscheiden, ohne den Frieden und den Fortschritt der Menschheit zu gefährden.« Das weiß bis heute niemand.

## XXXIII

Daß jedermann aussprechen kann, was er von der Macht im Staat oder vom lieben Gott hält, ohne gefoltert und mit dem Tod bedroht zu werden; daß Meinungsverschiedenheiten vor Gericht und nicht auf dem Weg der Blutrache ausgetragen werden; daß Frauen sich frei bewegen dürfen und nicht gezwungen sind, sich verkaufen oder beschneiden zu lassen; daß man die Straße überqueren kann, ohne in die MG-Garben einer wildgewordenen Soldateska zu geraten; all das ist nicht nur angenehm, es ist unerläßlich. Überall auf der Welt gibt es genügend Menschen, vermutlich die meisten, die sich solche Zustände wünschen und die dort, wo sie herrschen, bereit sind, sie zu verteidigen. Ohne die Emphase zu weit zu treiben, wird man sagen können, daß es sich um das zivilisatorische Minimum handelt.

In der Geschichte der Menschheit ist dieses Minimum immer nur ausnahmsweise und vorübergehend erreicht worden. Es ist fragil und leicht verwundbar. Wer es gegen Anfechtungen von außen schützen will, steht vor einem Dilemma. Je heftiger sich eine Zivilisation gegen eine äußere Bedrohung zur Wehr setzt, je mehr sie sich einmauert, desto weniger hat sie am Ende zu verteidigen. Was aber die Barbaren angeht, so brauchen wir sie nicht vor den Toren zu erwarten. Sie sind immer schon da.

## *Über einige Besonderheiten bei der Menschenjagd. Eine Fußnote*

Wer sich in die politischen Diskurse der deutschen Öffentlichkeit einmischt, der tut es auf eigene Gefahr. Abschreckend wirken weniger die moralischen Verdächtigungen, die auf diesem Felde gang und gäbe sind. Sie können sich auf eine lange Tradition berufen und gehören zur publizistischen Normalität. Gravierender sind die intellektuellen Risiken, die jeder eingeht, der sich an einer Mediendebatte beteiligt. Fast immer wird er, kaum daß er seinen Beitrag abgeliefert hat, dümmer aussehen als zuvor. Nach dem Grund braucht er nicht lange zu suchen: wer sich auf die Prämissen des jeweiligen Talkmasters einläßt, ist schon verloren. Selber schuld! Denn es ist wahrlich kein Geheimnis, woher die Sprachregelungen kommen, denen die Teilnehmer sich mehr oder weniger freudig unterwerfen.

Es hat sich in den Parteizentralen seit Jahren herumgesprochen, daß die Besetzung von Begriffen strategisch ebenso wichtig ist wie die Verfügung über den Apparat. Man muß das Geschick bewundern, mit dem sich die politische Klasse, der nichts ferner liegt als ein Gedanke, diesen Gedanken zu eigen gemacht hat. Daß die politische Auseinandersetzung immer mehr zum Medienphantom wird, ist eine der Folgen; sie verdampft im Fernsehen, und zwar dort, wo das Fernsehen am ödesten ist: Man glaubt, den Bericht aus Bonn vor sich zu haben. An solche Vorgaben ist auch die oppositionelle Rede fixiert: sie begnügt sich damit, die Parolen des Gegners auf den Kopf zu stellen.

Nirgends tritt dieses plumpe Schema deutlicher hervor als in der »Ausländerpolitik« und in der »Asyldebatte«. Schon diese Formulierungen sind ganz offensichtlich auf dem Bonner Mist gewachsen. Die Politiker haben es aber auch dahin gebracht, daß der Streit auf zwei Feldern ausgetragen wird, die sich je nach Bedarf beliebig miteinander vertauschen lassen: einerseits wird eine abstrakte, moralisierende Grundsatzdiskussion angezettelt, andererseits kann man sich jederzeit auf juristische Verfahrensfragen zurückziehen, sobald es um die Praxis geht. Bei dieser Rochade bleiben durchaus elementare, durchaus naheliegende Fragen auf der Strecke, die zu stellen offenbar nicht im Interesse der Veranstalter liegt.

Eine solche Frage möchte ich hier aufwerfen,

auch wenn sie für das Problem der Großen Wanderung gar nicht zentral ist. Es geht dabei immerhin um Leben und Tod derer, die, mit welchem Paß, mit welchem Stempel, mit welcher Begründung auch immer, bereits in diesem Land leben. Es geht, mit einem Wort, um die Bewohnbarkeit der Bundesrepublik. Nicht bewohnbar nenne ich eine Gegend, in der es beliebigen Schlägerbanden freisteht, beliebige Personen auf offener Straße zu überfallen oder ihre Wohnungen in Brand zu stecken.

Von der Frage, wer als Deutscher gelten soll und wer nicht, kann man dabei durchaus absehen, wenigstens solange sie nicht dadurch entschieden wird, daß die einen in normalen Kleidern herumlaufen, während die anderen per Gesetz dazu gezwungen werden, sich irgendwelche Winkel, Kreuze oder Sterne anzuheften. Da bisher solche Gesetze von keiner Seite vorgeschlagen worden sind, ist die Unterscheidung von In- und Ausländern in diesem Zusammenhang belanglos, und es ist, in diesem Zusammenhang, überflüssig, den Status des Ausländers sentimental zu verklären, etwa mit der beliebten Behauptung, die derzeit von Hinz und Kunz aufgestellt wird: »Ich bin ein Ausländer.«

Wie schon der flüchtigste Blick auf Hinz und Kunz lehrt, sind Nervensägen und Schwindler, Rüpel und Idioten unter der einheimischen Bevölkerung mit derselben statistischen Frequenz anzutreffen wie unter Türken, Tamilen und Polen. Das gewaltlose Zusammenleben mit ihnen ist eine Zumutung, die sich in der Zivilisation ausnahmslos jedermann gefallen lassen muß. Wer sie nicht ertragen will, muß notfalls dazu gezwungen werden. Nicht zumutbar ist hingegen die Anwesenheit von Leuten, die sich auf die individuelle oder organisierte Menschenjagd begeben.

Diese einfache Unterscheidung hat mit der sogenannten Ausländerproblematik nichts zu tun. Es geht dabei auch nicht um irgendwelche Regelungen für irgendwelche Asylverfahren, geschweige denn um das Elend der Dritten Welt oder um den allgegenwärtigen Rassismus. Es handelt sich vielmehr um das Gewaltmonopol, das der Staat für sich in Anspruch nimmt.

Nun kann man den diversen Regierungen dieser Republik allerhand vorwerfen, aber daß sie jemals gezögert hätten, von diesem Monopol Gebrauch zu machen, wenn es bedroht schien, kann ihnen niemand nachsagen. Ganz im Gegenteil, die Exekutive ließ es in dieser Hinsicht nie an Eifer fehlen. Bundesgrenzschutz, Geheimdienste, Sicherungsgruppen, Mobile Einsatzkommandos, Landes- und Bundeskriminalämter waren stets zur Stelle mit Hard- und Software von der Rasterfahndung bis zur Hubschrauberstaffel, vom Phantombild bis zum Schützenpanzer. Und auch die Legislative hat nicht geschlafen. Sie hat, bis zur Bedenkenlosigkeit beherzt, juristisches Neuland betreten, vom Konstrukt der kriminellen Vereinigung bis zum Kontaktsperre-Gesetz. Seitdem verfügt der Rechtsstaat über ein geradezu schreckenerregendes Arsenal von Möglichkeiten, sich vor seinen Widersachern zu schützen.

Von keinem dieser Mittel ist in den vergangenen Monaten auch nur der geringste Gebrauch gemacht worden. Auf das massenhafte Auftreten von Schlägerbanden in beiden Teilen Deutschlands hat der Apparat der Repression, von der Polizei bis zu den Gerichten, mit einer bis dahin unerhörten Enthaltsamkeit reagiert. Verhaftungen waren die Ausnahme; wo sie vorgenommen wurden, hat man die Täter so gut wie immer am nächsten Tag auf freien Fuß gesetzt. Bundesanwaltschaft und BKA, einst vor Eifer, Schaden vom deutschen Volk zu wenden, durch die Medien hechelnd, halten still, als hätte man sie in den einstweiligen Ruhestand versetzt. Der Bundesgrenzschutz, der noch vor wenigen Jahren jede zweite Straßenkreuzung besetzt hielt, ist wie vom Erdboden verschluckt.

Was die Politiker betrifft, so sind viele von ihnen in einer ziemlich neuen Rolle aufgetreten, nämlich als Sozialhelfer. Ihre therapeutischen Bemühungen galten nicht den Gejagten – die wurden mit rhetorischen Karamelbonbons abgefunden –, sondern denen, die sich auf die Menschenjagd spezialisiert hatten. Dabei kamen bedauerliche Mängel des Schulwesens, vor allem in der ehemaligen DDR, zur Sprache; es wurde um Verständnis für das schwere Los der Arbeitslosigkeit gerungen; als mildernder Umstand kam, neben der Unreife der Totschläger, ihre kulturelle Desorientierung in Betracht. Man habe es alles in allem mit »armen Schweinen« zu tun, denen mit pädagogischer Geduld begegnet werden müsse. Von derart unterprivilegierten Personen könne man schließlich nicht ohne weiteres die Einsicht erwarten, daß das Verbrennen von Kindern, strenggenommen, nicht statthaft ist. Um so dringender müsse auf das mangelhafte Freizeitange-

bot hingewiesen werden, das den Brandstiftern zur Verfügung stehe.
Ein so inniges Verständnis für die Täter verwundert, wenn man sich an die Bilder von Brokdorf und von der Startbahn West erinnert. Damals schien den Verantwortlichen die Lösung nicht im raschen Ausbau von Diskotheken und Jugendheimen zu liegen; offenbar war der einwandfreie, kostenlose Zugang zum Paradies der Freizeit in den siebziger Jahren noch nicht zum unveräußerlichen Menschenrecht avanciert. Es wurde im Gegenteil kräftig zugeschlagen, getreten und geschossen, und ein paar Tote hat die Staatsgewalt, wenn ich mich recht erinnere, dabei durchaus in Kauf genommen.
Sollte ihr plötzlicher Sinneswandel einer Bekehrung zu verdanken sein? Seit der Aufklärung hat es immer wieder Menschenfreunde gegeben, die uns versichert haben, das Strafrecht sei ungeeignet zur Lösung gesellschaftlicher Probleme. Das ist, angesichts der Zustände in den Knästen und der hohen Rückfallquote, kaum zu bestreiten, auch wenn uns die Reformer eine überzeugende Alternative schuldig geblieben sind. Wie dem auch sei, die rätselhafte Wendung des Staatsapparats zur verständnisvollen Nachsicht für Tot-

schläger läßt sich auf diese Weise nicht erklären. Ladendiebe und Bankräuber, Hochstapler und Defraudanten, Terroristen und Erpresser werden verknackt wie eh und je; für die Abschaffung des Strafgesetzbuches oder auch nur für eine durchgreifende Reform des Strafvollzugs ist bisher keine Regierungspartei eingetreten. Wir sind also auf andere Deutungen angewiesen, wenn wir die rätselhafte Differenz zwischen Verfolgungseifer auf der einen und *Laissez-faire* auf der anderen Seite verstehen wollen.

Möglicherweise hängt die Intensität des Einschreitens von den Rechtsgütern ab, die das Gesetz zu schützen hat. In den genannten Präzedenzfällen ging es um das Privateigentum an Immobilien, um das Recht, Flughäfen zu erweitern, Autobahnen zu bauen und Atomanlagen aller Art zu errichten. Bei den Überfällen und Brandstiftungen der letzten Monate hingegen stand das Leben von einigen tausend Bewohnern des Landes auf dem Spiel. Offenbar halten die staatlichen Instanzen Mord und Totschlag für eine bloße Ordnungswidrigkeit, die Beseitigung eines Zaunes hingegen für ein Schwerverbrechen.

Natürlich läßt der Sachverhalt auch noch andere

Deutungen zu. Schwer zu glauben, aber nicht ganz auszuschließen, daß es Politiker gibt, die mit den Mordbanden, die bei uns unterwegs sind, sympathisieren; schon etwas näher liegt die Vermutung, daß viele der Menschenjagd ungerührt zusehen, weil sie sich einbilden, daß eine solche Haltung politisch vorteilhaft sein könnte. Natürlich glaubt man ungern an ein solches Maß von Idiotie, und nur das Fehlen anderer, plausiblerer Erklärungen berechtigt dazu, es ins Auge zu fassen.

Eines sollte indes auch der Dümmste begreifen, nämlich daß der Verzicht auf das Gewaltmonopol des Staates Folgen hat, die für die politische Klasse selber keineswegs harmlos sind. Eine dieser Konsequenzen ist die Notwendigkeit der Selbstverteidigung. Wenn der Staat sich weigert, sie zu schützen, werden sich bedrohte Einzelpersonen oder Gruppen aus Gründen der Notwehr bewaffnen müssen. Für den notwendigen Nachschub wird der internationale Handel mühelos sorgen. Sobald sich die Gegenwehr ihrerseits hinreichend organisiert hat, kommt es zu förmlichen Bandenkriegen, eine Entwicklung, die in Großstädten wie Berlin und Hamburg bereits zu beobachten ist. Politisch kann

das zu Verhältnissen führen, wie Deutschland sie gegen Ende der Weimarer Republik erlebt hat.
Zum andern dürfte sich der massenhafte Straßenterror, wenn er folgenlos bleibt, früher oder später auch gegen die politische Klasse wenden. Bekanntlich gibt es keinen lückenlosen Personenschutz, und es wäre eine Illusion zu glauben, daß die gesamtdeutschen Rollkommandos die väterliche Milde, die ihnen mancherorts entgegengebracht wird, auf die Dauer erwidern würden. Eine solche Toleranz, die stets den Tätern, nie den Opfern gilt, zeugt von einem überdurchschnittlichen Sinn für Kontinuität. Manchem Politiker fällt es offensichtlich schwer, sie aufzukündigen. Das läßt verschiedene Schlüsse zu, unter denen aber nur ein einziger überrascht: der Selbsterhaltungstrieb dieser Personen ist, wie die Fabel lehrt, weniger ausgeprägt, als man gemeinhin denkt.

## Hans Magnus Enzensberger
## im Suhrkamp Verlag und im Insel Verlag

Ach Europa! Wahrnehmungen aus sieben Ländern. Mit einem Epilog aus dem Jahre 2006. Leinen und st 1690

Blindenschrift. es 217

Deutschland, Deutschland unter anderm. Äußerungen zur Politik. es 203

Einzelheiten I. Bewußtseins-Industrie. es 63

Einzelheiten II. Poesie und Politik. es 87

Der Fliegende Robert. Gedichte, Szenen, Essays. Leinen und st 1962

Die Furie des Verschwindens. Gedichte. es 1066

Gedichte. 1950-1985. st 1360

Die Große Wanderung. Dreiunddreißig Markierungen. Mit einer Fußnote ›Über einige Besonderheiten bei der Menschenjagd‹. Bütten-Broschur

Der kurze Sommer der Anarchie. Buenaventura Durrutis Leben und Tod. Roman. Gebunden und st 395

Landessprache. Gedichte. es 304

Mausoleum. 37 Balladen aus der Geschichte des Fortschritts. Halbleinen und BS 602

Der Menschenfreund. Komödie. Mit einem Nachwort des Autors. BS 871

Mittelmaß und Wahn. Gesammelte Zerstreuungen. Gebunden und st 1800

Palaver. Politische Überlegungen (1967-1973). es 696

Politik und Verbrechen. Neun Beiträge. st 442

Politische Brosamen. Gebunden und st 1132

Die Tochter der Luft. Ein Schauspiel. Nach dem Spanischen des Calderón de la Barca. Engl. Broschur

Der Untergang der Titanic. Eine Komödie. Gebunden und st 681

Das Verhör von Habana. es 553

Verteidigung der Wölfe. Gedichte. Nachwort von Reinhold Grimm. BS 711

Der Weg ins Freie. Fünf Lebensläufe, überliefert von Hans Magnus Enzensberger. es 759

Zukunftsmusik. Gedichte. Leinen und st 2223

*Von Hans Magnus Enzensberger herausgegeben*

Allerleirauh. Viele schöne Kinderreime. Versammelt, herausgegeben und mit einem Nachwort versehen von Hans Magnus Enzensberger. it 115

27/1/4.93

## Hans Magnus Enzensberger im Suhrkamp Verlag und im Insel Verlag

Freisprüche. Revolutionäre vor Gericht. Herausgegeben von Hans Magnus Enzensberger. st 111

Gespräche mit Marx und Engels. Mit einem Personen-, Elogen- und Injurienregister. Herausgegeben von Hans Magnus Enzensberger. Leinen und st 716

Bartolomé de Las Casas: Kurzgefaßter Bericht von der Verwüstung der Westindischen Länder. Herausgegeben von Hans Magnus Enzensberger. Deutsch von D. W. Andreä. it 553

Museum der modernen Poesie. Eingerichtet von Hans Magnus Enzensberger. 2 Bde. st 476

*Übersetzungen*

Molière: Der Menschenfeind. Nach dem Französischen des Molière von Hans Magnus Enzensberger. it 401

Pablo Neruda: Die Raserei und die Qual. Gedichte. Spanisch und deutsch. Auswahl, Übertragung und Nachwort von Hans Magnus Enzensberger. BS 908

César Vallejo: Gedichte. Spanisch und deutsch. Übertragung und Nachwort von Hans Magnus Enzensberger. BS 110

William Carlos Williams: Die Worte, die Worte, die Worte. Gedichte. Amerikanisch und deutsch. Übertragung, das Gedicht ›Envoi‹ und Nachwort von Hans Magnus Enzensberger. BS 76

27/2/4.93